CATALOGUE

DES

TABLEAUX

PAR

M. PLASSAN

Vᵉ RENOU, MAULDE et COCK

IMPRIMEURS DE LA COMPAGNIE DES COMMISSAIRES-PRISEURS

Rue de Rivoli, 144.

CATALOGUE

DES

TABLEAUX

PAR

M. PLASSAN

DONT LA VENTE AURA LIEU

HOTEL DROUOT, SALLE N° 8

Le Mercredi 18 Avril 1883

A DEUX HEURES ET DEMIE

M⁰ Henri LECHAT	M. Georges PETIT
COMMISSAIRE-PRISEUR	EXPERT
Rue Baudin, 6 (square Montholon)	Rue Godot-de-Mauroy, 12

CHEZ LESQUELS SE DÉLIVRE LE CATALOGUE.

EXPOSITIONS

PARTICULIÈRE	PUBLIQUE
Le Mardi 17 Avril 1883	Le Mardi 17 Avril 1883
DE 10 HEURES A MIDI	DE 1 HEURE A 5 HEURES

PARIS — 1883

CONDITIONS DE LA VENTE

Elle sera faite au comptant.

Les **Adjudicataires** paieront CINQ POUR CENT, en sus des adjudications, applicables aux frais.

DÉSIGNATION

DES

TABLEAUX

PLASSAN

1 — Jeune Femme écrivant.

H. 24 c. L. 18 c.

2 — La Famille.

H. 15 c. L. 11 c.

3 — Adam et Ève.

H. 21 c. L. 16 c.

PLASSAN

4 — Toilette du matin.

H. 20 c. L. 14 c.

5 — Le Sommeil de l'enfant.

H. 21 c. L. 16 c.

6 — Le Matin.

H. 14 c. L. 10 c.

7 — Le Déjeuner.

H. 9 c. L. 14 c.

8 — Dans le Parc.

H. 41 c. L. 38 c.

PLASSAN

9 — Jeanne.

H. 33 c. L. 24 c.

10 — Le fidèle Levrier.

H. 11 c. L. 10 c.

11 — Louise.

H. 33 c. L. 24 c.

12 — Candeur.

H. 33 c. L. 24 c.

13 — La Voiture des Bohèmiens.

H. 47 c. L. 32 c.

PLASSAN

14 — Les Coteaux de Chennevières.

H. 21 c. L. 33 c.

15 — Maison-Rouge, à La Varenne.

H. 32 c. L. 22 c.

16 — Parc des Buttes, à Bellevue.

H. 32 c. L. 22 c.

17 — Prairies au bas des coteaux de Chennevières

H. 33 c. L. 46 c.

18 — Bords de rivière, à Thouars.

H. 21 c. L. 33 c.

PLASSAN

19 — Route de Champigny à La Varenne.

H. 21 c. L. 33 c.

20 — Un bras de la Marne, à Champigny.

H. 21 c. L. 33 c.

21 — Un Moulin sur la Marne.

H. 21 c. L. 33 c.

22 — Bords de la Marne.

H. 21 c L. 33 c.

23 — A Port-Créteil.

H. 33 c. L. 46 c.

PLASSAN

24 — La Seine, à Charenton.

H. 22 c. L. 33 c.

25 — Sous-Bois.

H. 14 c. L. 23 c.

26 — Chemin sous bois.

H. 14 c. L. 23 c.

27 — Le Pont de Champigny.

H. 22 c. L. 33 c.

28 — Lavoir à Champigny.

H. 14 c. L. 23 c.

PLASSAN

29 — Plaine de La Varenne.

H. 22 c. L. 33 c.

30 — Entrée de Village.

H. 14 c. L. 22 c.

31 — Bouquet d'arbres sur la Marne.

H. 22 c. L. 33 c.

32 — Jonction de la Marne et de la Seine, aux
Carrières.

H. 22 c. L. 33 c.

33 — Au Bas-Meudon.

H. 22 c. L. 33 c.

PLASSAN

34 — Sous les arbres.

H. 32 c. L. 22 c.

35 — Entrée de village, à Champigny.

H. 22 c. L. 33 c.

36 — Fabriques au Bas-Meudon.

H. 22 c. L. 33 c.

37 — La Vanne.

H. 14 c. L. 23 c.

38 — Restes d'un parc à Champigny, après la guerre.

H. 22 c. L. 33 c.

PLASSAN

39 — Le Chemin des Amoureux.

H. 23 c. L. 14 c.

40 — A Port-Créteil.

H. 33 c. L. 46 c.

41 — Canards traversant la rivière.

H. 22 c. L. 33 c.

42 — La Porte Saint-Jacques, à Parthenay.

H. 22 c. L. 33 c.

43 — Moulin sur la Thoué (Deux-Sèvres).

H. 31 c. L. 21 c

PLASSAN

44 — La Marne, à Nogent.

H. 13 c. L. 24

45 — Vue de Paris, des coteaux de Bellevue.

H. 21 c. L. 32 c.

46 — Le Barrage.

H. 21 c. L. 32 c.

Vᵉ Renou, Maulde et Cock. impr. de la Compagnie des Commissaires-Priseurs, rue de Rivoli. 114.   36737